TROUSSE

DE

SECOURS

TROUSSE DE SECOURS

La trousse de secours a pour destination de donner sans perte de temps, sans dépenses, sous un très-petit volume, les moyens de combattre un accident redoutable, l'introduction dans le sang d'un virus mortel, virus résultant de la morsure d'animaux enragés, de la piqûre de serpents venimeux, de l'intoxication purulente, de la pustule maligne, du charbon, etc.

Le briquet-trousse est organisé de telle façon que tous ceux qui en seront porteurs pourront de suite, soit pour eux, soit pour les autres, conjurer les suites d'un mal qui peut devenir rapidement fatal, si les secours sont tardifs.

Avec ce très-simple appareil, on pourra brûler au feu la plaie récente, de l'avis de tous les médecins, c'est le remède héroïque, mais à la condition expresse d'arriver à temps.

A côté du crayon cautère, se trouve la lancette avec laquelle on débridera la plaie, afin que le feu puisse atteindre profondément le virus. On aura de plus les ligatures dont on se servira suivant les indications contenues dans cette notice.

Deux exemples tirés de notre pratique médicale feront comprendre la gravité des accidents que nous voulons combattre et serviront à démontrer qu'avec la trousse de secours on peut agir vite et bien, *cito* et *tuto*.

Mme G... d'Héricy, près Fontainebleau, travaillait dans la forêt quand elle fut mordue au pied droit par une vipère. Cette dame, très-énergique, répond à l'attaque du reptile par un coup de serpe; elle le tue, mais elle est piquée une seconde fois. Après avoir gagné l'habitation la plus voisine, les soins les plus empressés lui sont donnés ; on lave, on malaxe la plaie, divers médicaments sont administrés, mais il n'est pas question de caustiques, et quand le médecin arrive pour pratiquer la cautérisation, il était trop tard, la mort était venue après des frissons, des syncopes, des convulsions.

Le souvenir de ce triste événement nous a donné l'idée de réunir sous un très-petit volume, et de mettre, entre les mains de tout le monde, les instruments nécessaires pour le traitement vraiment utile de ce terrible mal.

Notre briquet-trousse de secours était à peine organisé qu'il prouvait son utilité dans les circonstances suivantes :

M. D.. , ancien meunier, vivait retiré dans une maison de campagne aux environs de Reims. On le rencontrait presque toujours accompagné d'un beau chien épagneul très-doux de caractère. Un jour, celui-ci disparaît; on craint qu'il n'ait été mordu par un chien enragé dont le passage avait été signalé dans le pays. Le surlendemain, l'épagneul reparaît, il répond à l'appel de son maître en se jetant sur lui et en le mordant profondément à la main droite. Grand émoi dans l'entourage, car l'animal présente tous les symptômes de l'hydrophobie, qui sont du reste constatés le jour même par un vétérinaire instruit. Nous venons, dit quelqu'un, de rencontrer ici près, le docteur M...., et une demi-heure après l'accident nous étions près du blessé, ayant à la main notre trousse de secours. Immédiatement nous plaçons une ligature à l'avant-bras, nous lavons la plaie, nous la débridons et au moyen du crayon-cautère allumé pendant ces premiers soins, nous cautérisons aussi profondément que possible ; puis le malade est placé dans son lit, enveloppé de couvertures ; il prend plusieurs tasses d'infusion chaude alcoolisée; une sueur profuse s'établit, la confiance fait place à l'angoisse, M. D... est sauvé, il n'a pas eu la rage.

Parmi les questions qui intéressent la santé publique, dit le docteur Decaisne (journal *La France*, 11 novembre 1877), il n'en est pas qui soit de nature à préoccuper plus vivement la population que celle des maladies contagieuses, et, parmi celles-ci, aucune ne mérite à un plus haut degré d'éveiller la sollicitude des administrateurs que la rage.

Le 6 novembre 1877, M. le docteur Adrien Proust, présentait à l'Académie de médecine un remarquable travail intitulé : « Résultats de l'enquête officielle sur les cas de rage observés en France de 1850 à 1876. » En voici quelques extraits :

Pendant cette période de 16 ans, 671 personnes ont été mordues par des animaux atteints de la rage.

Sur deux individus mordus, il en est mort un.

Contrairement à l'opinion reçue, il y a eu plus de cas de rage pendant l'hiver que pendant l'été.

Quand les blessures sont multiples, elles sont infiniment plus graves.

Celles des parties découvertes ont été suivies d'accidents plus funestes que celles qui ont été faites à travers les vêtements.

L'enquête établit, de la façon la plus positive, que le meilleur moyen prophylactique de la rage, consiste dans la cautérisation des morsures, surtout la cautérisation ignée, pratiquée le plus énergiquement possible et dans le plus bref délai.

Sur 203 cas, la mortalité moyenne a été de 60 %. Si la cautérisation énergique est faite peu de temps après l'accident, la mortalité tombe à 20 %, tandis qu'elle est de 78 % si les secours réels sont tardifs.

Premier exemple. Dans le département des Hautes-Alpes, 16 personnes et une ânesse sont mordues sans provocation par un chien reconnu enragé, les yeux hagards, la gueule écumante, ne s'arrêtant nulle part et ne donnant aucun son de voix. Toutes ces personnes furent cautérisées, les unes immédiatement, les autres plus tard par le fer rouge et des caustiques. Aucune d'elles n'a été atteinte de la rage, mais l'ânesse qui n'avait été l'objet d'aucun traitement et qui n'avait pas été cautérisée, devint seule enragée et mourut.

Deuxième exemple. Un loup enragé mord 47 personnes, 45 meurent de la rage, 2 seulement sont sauvées, celles-là ont été cautérisées vigoureusement après l'accident.

· Voici les conclusions du rapport de M. le docteur Proust au nom du comité d'hygiène :

1° La cautérisation étant jusqu'ici le seul moyen connu de prophylaxie de la rage, il serait important d'obtenir par des statistiques, non-seulement le nom du caustique employé, mais la manière dont la cautérisation a été appliquée, le temps exact qui s'est écoulé depuis l'inoculation jusqu'au moment de la cautérisation.

2° La transmission rabique se faisant souvent par de petits chiens familiers, la maladie au début peut n'inspirer aucune défiance; une instruction ayant pour objet de vulgariser les premiers symptômes de la rage, serait d'une grande efficacité (1).

3° La police sanitaire applicable à la race canine devrait en tout temps recevoir son application rigoureuse, aussi bien l'hiver que l'été, aussi bien contre les chiens malades que contre les chiens suspects.

4° Enfin, le docteur Proust demande aux magistrats d'user largement du droit dont ils sont armés par les lois et les réglements, de faire abattre ou séquestrer pendant huit mois les chiens rendus suspects par une morsure.

---

(1) Nous espérons que cette notice, jointe à chacune de nos trousses de secours, répondra à l'un des vœux de notre savant confrère.

TRAITEMENT

Que la morsure ait été faite par un animal enragé ou par un serpent venimeux, vipère, crotale, etc., les indications pressantes sont les suivantes :

1° On placera une ligature au-dessus de la blessure entre la partie atteinte et le cœur; cette ligature sera faite avec une forte circulaire de caoutchouc, avec un cordon, une bande de toile, en un mot ce qu'on aura sous la main, pour serrer les tissus, et empêcher ainsi la marche du virus dans le sang.

2° On lavera la plaie avec de l'eau ou n'importe quel liquide, on la pressera dans tous les sens, on la fera saigner autant que possible, et au lieu de pratiquer la succion, qui, de l'avis du

médecin, n'est pas sans danger, on appliquera le plus vite possible une ventouse.
- Celle-ci sera parfaite, si l'on a sous la main un verre à pied, un verre à boire ordinaire. On allume un morceau de papier, on le jette dans le verre qui est immédiatement renversé sur la plaie ; de cette façon, le sang et les liquides sont attirés à la surface.

Aussitôt après l'application de la ligature et de la ventouse, la plaie souvent petite, anfractueuse, sera débridée au moyen de la lancette, et immédiatement on portera le crayon incandescent dans la blessure, en faisant en sorte de brûler jusqu'au fond.

C'est le vrai, le seul moyen de détruire le virus sur place. Après la cautérisation ignée, les meilleurs caustiques sont le beurre d'antimoine, le nitrate acide de mercure, l'acide phénique, mais l'action du feu prime tous les autres moyens.

Comme traitement consécutif, la méthode indienne qui, consiste à faire prendre au blessé en aussi grande quantité que possible des boissons alcooliques très-chaudes, rendra les plus grands services.

On pourra s'adresser à d'autres sudorifiques, tels que le jaborandi, et recourir aux bains de vapeur, particulièrement aux bains de vapeur sèche, aux bains thermo-résineux qu'on appelle aussi bains de vapeur térébenthinée à haute température.

Docteur **MOSER.**

Paris, Janvier 1877.

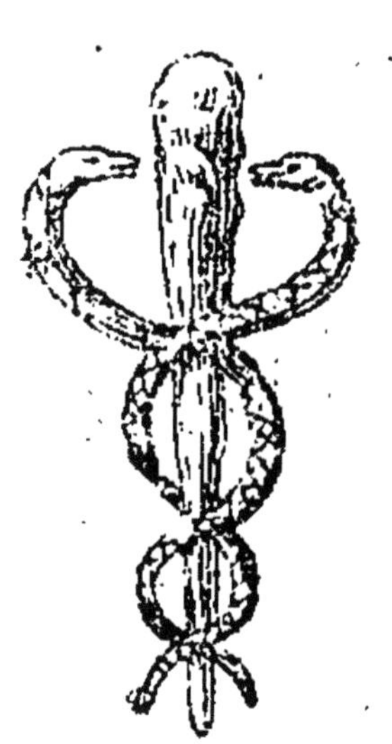